Jolies p'tites bêtes!

Texte de Cynthia Maxwell

Illustrations de Stephen Axelsen

Texte français de Marie-Claude Hecquet

Éditions
■ SCHOLASTIC

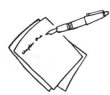
Catalogage avant publication de la
Bibliothèque nationale du Canada

Maxwell, Cynthia, 1959-
   Jolies p'tites bêtes! / texte de Cynthia Maxwell ;
   illustrations de Stephen Axelsen ;
   texte français de Marie-Claude Hecquet.

(Petit roman)
Traduction de: Wild things.
ISBN 0-439-97005-9

I. Axelsen, Stephen II. Hecquet, Marie-Claude III. Titre.
IV. Collection.

PZ23.M4496Jo 2003   j823'.914   C2003-901558-0
ISBN-13 : 978-0-439-97005-1

Édition publiée par les Éditions Scholastic, 604, rue King Ouest,
Toronto (Ontario) M5V 1E1 CANADA.

8 7 6 5 4   Imprimé au Canada   09 10 11 12 13

Pour Danni — C.M.

Pour Trippy, notre p'tite bête à nous — S.A.

Chapitre 1

— Mon ami Samuel a apporté
ses bestioles à l'école, dit Carla
à son père pendant le souper.

— Des bestioles! Ça fait peur, non? dit papa.

— *Moi*, je n'ai pas eu peur, répond Carla. Samuel part en voyage et il ne peut pas les emporter avec lui. C'est vraiment triste.

— Qu'est-ce que Samuel a fait
de ses bestioles? demande papa.

— Il a dû les donner, répond
Carla.

— Oh, pauvre Samuel, dit papa.
Et où sont-elles, maintenant?

— Dans notre salle de bain,
répond Carla.

— *Notre* salle de bain! Des bestioles dans *notre* salle de bain! crie papa.

— Oui, dit Carla. Et elles meurent de faim. Veux-tu m'aider à les nourrir?

Chapitre 2

— Où Samuel a-t-il trouvé ces
p'tites bêtes? demande papa,
caché derrière la porte.

    — Dans un ruisseau, dit Carla.

Les plus petites des bestioles
sont dans un seau d'eau. Carla
leur donne de la laitue. Elle
regarde les têtards tout noirs
grignoter les feuilles vertes.

La plus grosse des bestioles est dans un aquarium. Carla fait une boulette de viande et la jette dans l'eau. Dans l'aquarium, une écrevisse agite ses pinces bleues.

— Fais attention de ne pas te faire pincer, dit papa.

La dernière des bestioles est
une grenouille. Carla n'a pas
besoin de la nourrir. Elle a trouvé
son repas toute seule.

— J'ai un peu peur des grenouilles, chuchote papa.

Il recule lentement.

— Gentille grenouille, mignonne grenouille, dit-il.

Chapitre 3

Le lendemain, l'aquarium est vide.
— L'écrevisse s'est sauvée! dit
Carla à papa.

— Oh, oh, dit papa.

— Peut-être qu'il va pleuvoir,
dit Carla. Samuel dit que les
écrevisses essaient toujours de
sortir de leur aquarium quand
il pleut.

Ils regardent par la fenêtre. Le ciel est bleu.

— Il ne pleuvra pas, dit papa.

Papa et Carla se mettent à
chercher l'écrevisse.

Ils regardent sous le lavabo.

Ils regardent
dans la toilette.

Ils regardent sous les lits et derrière les portes.

Ils cherchent dans toute la maison.

Carla trouve l'écrevisse derrière le frigo. Elle a l'air terrifiée. Ses grosses pinces sont couvertes de toiles d'araignée et de poussière.

— Regarde-moi cette écrevisse,
dit papa. Elle a tellement peur
que les yeux lui sortent de la tête.
   — Les écrevisses ont toujours
les yeux comme ça, dit Carla.

Papa glisse le bras derrière le frigo pour attraper l'écrevisse.

L'écrevisse le pince.
— Aïe! crie papa.

Carla saisit doucement
l'écrevisse avec des pinces
de cuisine et la remet dans
l'aquarium.

Elle met un pansement sur le doigt de papa.

— Ne sois pas fâché, lui dit-elle.

Mais papa *est* fâché.

Chapitre 4

— Les têtards ont encore faim, dit Carla à papa dans l'après-midi. Il faut aller acheter d'autre laitue.

— Je ne savais pas que les têtards mangeaient autant, marmonne papa.

Ils mettent leur chapeau pour aller à l'épicerie. Carla enfile son imperméable.

— Pourquoi portes-tu un imperméable? demande papa. Il ne pleut pas.

— L'écrevisse pense qu'il va pleuvoir, dit Carla.

— Ridicule, dit papa.

Au retour de l'épicerie, un nuage gris cache soudain le ciel bleu. La pluie commence à tomber.

Papa et Carla rentrent à la maison en courant.

Papa est trempé.

— Ne sois pas en colère, dit Carla.

Mais papa est en colère.

Chapitre 5

— Au secours! crie papa.

La grenouille a sauté sur sa
main pendant qu'il se brossait
les dents dans la salle de bain.

— N'aie pas peur, dit Carla.
Mais papa *a* peur.

La grenouille saute sur le bras
de papa.

— Enlève ça de là, supplie
papa.

— Arrête de bouger, ordonne
Carla.

Très lentement, elle tend la
main vers la grenouille… qui saute
sur l'épaule de papa.

Carla essaie de l'attraper, mais
la grenouille est trop rapide.
Splat! Elle atterrit sur la tête
de papa.

— Aaah! crie papa.

Il court dans le couloir en
secouant ses mains dans tous
les sens.

Carla court derrière lui à travers la maison.

— Arrête, papa! La grenouille est toujours sur ta tête!

Papa s'arrête. Carla attrape
la grenouille.

— Aaah! crie papa en se
remettant à courir.

Chapitre 6

Papa explique que vivre avec ces p'tites bêtes lui fait trop peur et que Carla ne peut pas les garder.

— Ne sois pas triste, Carla, dit
papa.

Mais Carla *est* triste.

— Nous allons les donner,
dit papa, et tu pourras avoir un
animal de compagnie normal.
Une petite chose mignonne,
avec des poils.

Chapitre 7

Le samedi, papa sort une table
et un parasol, et les installe près
du trottoir.

Carla prépare une grande
pancarte.

À DONNER
Des têtards, 1 grenouille
et 1 écrevisse

Deux fillettes arrivent en patins
à roues alignées.

— Beurk! Des têtards! crient-
elles en repartant à toute vitesse.

Toute la journée, Carla essaie de trouver quelqu'un à qui donner ses bestioles. Beaucoup de gens s'arrêtent, mais personne n'en veut.

À la fin de l'après-midi, une fillette s'arrête à la table de Carla.

— Salut! Je m'appelle Maude, dit-elle.

À DONNER
Des têtards, 1 grenouille
et 1 écrevisse

— As-tu trouvé quelqu'un pour tes bestioles, Carla? crie papa, qui est sorti de la maison.

— Moi, je connais un endroit qui leur plairait, dit Maude.

Chapitre 8

Ils marchent jusqu'à la maison
de Maude. Maude transporte
l'écrevisse dans un seau. Papa
porte les têtards dans un grand
pot de verre. Carla a mis la
grenouille dans sa boîte à lunch.

Au fond du jardin de
Maude, il y a un ruisseau.

— Quelle bonne idée! s'exclame
Carla. Nous allons remettre les
bestioles dans le ruisseau. C'est
exactement ce qu'il leur faut.

— Elles seront heureuses ici,
dit Maude.

La grenouille saute sur un
nénuphar.

Les têtards nagent vers
l'endroit le moins profond.

L'écrevisse s'enfonce dans le
sable jusqu'à ce qu'on ne voie plus
que ses yeux.

Chapitre 9

— Papa dit que je peux avoir un autre animal de compagnie, dit Carla à Maude sur le chemin du retour.

— Tu pourrais avoir un des
miens, dit Maude.

— Est-ce qu'il est mignon et
plein de poils? demande papa.

— Oh, oui! répond Maude.

Maude retourne chez elle et revient avec une boîte. Elle la donne à Carla, qui soulève le couvercle.

— Oh, comme elle est mignonne! s'écrie Carla.
Elle montre la boîte à papa.

— Regarde, papa! C'est l'animal le plus mignon et le plus poilu que j'aie jamais vu!

Cynthia Maxwell

Quand j'avais huit ans, mon animal de compagnie était une grosse araignée qui s'appelait Herman. La plupart des gens en avaient peur, mais moi, je la trouvais mignonne.

Herman n'est plus avec moi, et maintenant, je m'occupe de grenouilles et de têtards. Chaque été, les grenouilles pondent une grande quantité d'œufs dans notre piscine. Je les ramasse, je les mets dans une petite mare et je nourris les têtards quand ils sortent des œufs. Il y en a des centaines. Ils mangent beaucoup de laitue!

Cette histoire m'a été inspirée par les grenouilles et les têtards, par Houdini, l'écrevisse de mon neveu, et par Herman, mon araignée.

Stephen Axelsen

Je ne suis pas très courageux. Il y a beaucoup de choses qui m'angoissent. Mais quand il s'agit de p'tites bêtes, je suis beaucoup plus courageux que le papa de Carla.

Quand j'étais plus jeune et plus fou (il n'y a pas si longtemps), je collectionnais des araignées inoffensives que je lançais sur ma femme et ma fille. Leurs cris me faisaient bien rire, mais j'ai dû arrêter, parce que ça me causait beaucoup d'ennuis.

Maintenant, je suis un illustrateur, mûr et raisonnable. Mais parfois, j'aimerais bien pouvoir lancer une toute petite araignée sur un auteur, juste pour voir sa réaction!